Date: 1/12/22

SP E SALTER
Salter, Margaret,
¿Dónde está mi hogar? /

¿DÓNDE ESTÁ MI HOGAR?

ESCRITO E ILUSTRADO POR MARGARET SALTER
TRADUCIDO POR PABLO DE LA VEGA

CRABTREE
PUBLISHING COMPANY
WWW.CRABTREEBOOKS.COM

CRABTREE
PUBLISHING COMPANY
WWW.CRABTREEBOOKS.COM

Autora: Margaret Salter

Directora editorial: Kathy Middleton

Editora: Janine Deschenes

Ilustradora: Margaret Salter

Correctora de pruebas: Kathy Middleton

Coordinación de producción: Margaret Salter

Coordinadora de impresión: Katherine Berti

Traducción al español: Pablo de la Vega

Edición en español: Base Tres

Nota: los significados de las palabras <u>subrayadas</u> están en el glosario de la página 32.

Library and Archives Canada Cataloguing in Publication

Title: ¿Dónde está mi hogar? / escrito e ilustrado por Margaret Salter ; traducción de Pablo de la Vega.

Other titles: Where is my home? Spanish

Names: Salter, Margaret, author, illustrator. | Vega, Pablo de la, translator.

Description: Series statement: Abrazos de oso | Translation of: Where is my home? | Includes index.
| Text in Spanish.

Identifiers: Canadiana (print) 20200404652 | Canadiana (ebook) 20200404660 | ISBN 9781427130679
(hardcover) | ISBN 9781427130716 (softcover) | ISBN 9781427130754 (HTML)

Classification: LCC PS8637.A5375 W4418 2021 | DDC jC813/.6—dc23

Library of Congress Cataloging-in-Publication Data

Names: Salter, Margaret, author, illustrator. | Vega, Pablo de la, translator.

Title: ¿Dónde está mi hogar? / escrito e ilustrado por Margaret Salter ; traducción de Pablo de la Vega.

Other titles: Where is my home? Spanish

Description: New York, NY : Crabtree Publishing Company, 2021. | Series: Abrazos de oso | Includes index. | Summary: Toklo the polar bear enjoys traveling, but where is his home?

Identifiers: LCCN 2020053897 (print) | LCCN 2020053898 (ebook) | ISBN 9781427130679 (hardcover) | ISBN 9781427130716 (paperback) | ISBN 9781427130754 (ebook)

Subjects: LCSH: Polar bear--Juvenile fiction. | CYAC: Polar bear--Fiction.
| Habitat (Ecology)--Fiction. | Spanish language materials.

Classification: LCC PZ76.3 .S25 2021 (print) | LCC PZ76.3 (ebook) | DDC [E]--dc23

Crabtree Publishing Company

www.crabtreebooks.com   1-800-387-7650   Printed in the U.S.A./022021/CG20201123

Publicado en Canadá por Crabtree Publishing
616 Welland Ave.
St. Catharines, Ontario
L2M 5V6

Publicado en los Estados Unidos por Crabtree Publishing
347 Fifth Ave
Suite 1402-145
New York, NY 10016

Publicado en el Reino Unido por Crabtree Publishing
Maritime House
Basin Road North,
Hove BN41 1WR

Publicado en Australia por Crabtree Publishing
Unit 3–5 Currumbin Court
Capalaba
QLD 4157

¡Hola! Me llamo Toklo.
Soy un <u>oso polar</u>.

He estado de vacaciones
alrededor del mundo.
¡GUAU!
Mira todos los
lugares que he
visitado.

Ahora ya estoy cansado y quiero regresar a mi hogar. Estoy impaciente por **DORMIR** en mi propia cama.

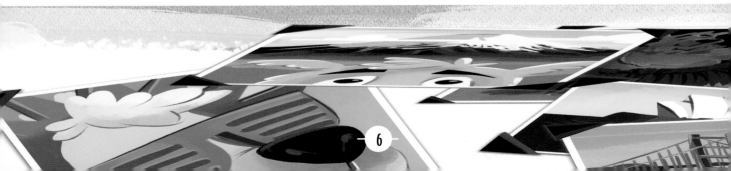

¡OH, NO!

¿Dónde está mi hogar? ¿Es por aquí?

8

¿O es por acá? Veamos si puedo encontrar el camino de regreso.

La vista desde lo alto de esta montaña es...

¡INCREÍBLE!

Pero es muy alta.
Este no es mi hogar.

¡Este <u>desierto</u> es demasiado caluroso para mí!

Vivo en un lugar que es mucho

MÁS FRÍO.

Este no es mi hogar.

Esta <u>selva</u> es caliente y húmeda.

Hay muchas
PLANTAS Y RUIDOS EXTRAÑOS.
No sé qué podría comer aquí que no
me haga daño.

Este no es mi hogar.

La orilla del mar es un buen lugar para **NADAR.**

Me gusta nadar,
pero extraño el
hielo y la nieve.

Este no es mi hogar.

La ciudad está llena de gente y edificios.

Está **ABARROTADA.**
Este no es mi hogar.

Casi no puedo ver en
el fondo del océano.

Este no es mi hogar.

¡AY!

21

¡OH, NO!

Estoy en el <u>espacio exterior</u>.

¡Estoy completamente seguro de que este

NO ES MI HOGAR!

Este bosque es frío y
está cubierto de nieve.

No es mi hogar, ¡pero pienso que
ME ESTOY ACERCANDO!

El ártico tiene agua fría, hielo y nieve.

¡POR FIN ESTOY EN MI HOGAR!

Ahhhhh...
HOGAR, DULCE HOGAR.

NOTAS PARA PADRES Y EDUCADORES

Esta serie anima a los niños a usar su imaginación, aprender del mundo que los rodea y hacer conexiones. Las sugerencias de abajo ayudan a los niños a ampliar las ideas del libro y a comenzar a comprender los conceptos de Ciencia, Estudios Sociales y Lengua y Literatura.

1. Los animales se adaptan para sobrevivir en sus hábitats. Hojea el libro para encontrar los animales que viven en cada hábitat visitado por Toklo. Haz una lista de los animales que encuentren los niños. Luego, habla con ellos acerca de las formas en que cada animal se ha adaptado a su hábitat. Por último, habla acerca de cómo Toklo se adaptó al lugar donde vive.

2. Pide a los niños que trabajen en parejas o en grupos pequeños, que escojan uno de los hábitats que aparecen en este libro y que nombren un animal extra que Toklo podría haber conocido ahí. Invítalos a hacer un dibujo del animal en su hábitat.

30

3. Ve a las páginas 28 y 29 y mira los *souvenirs* que Toklo trajo de sus viajes. Pregunta a los niños si alguno les resulta familiar. Luego, invítalos a compartir con la clase si han llevado a casa algún *souvenir* de algún lado. ¿Por qué eligieron ese objeto? ¿Qué *souvenir* podrían llevar a casa si fueran al lugar que más desean visitar?

4. Pide a los niños que narren por escrito una viaje que les gustaría hacer a uno de los lugares que aparecen en el libro. ¿Por qué quieren ir ahí? ¿Qué llevarían consigo? Recuérdales que los objetos que lleven deben ser adecuados para el entorno que visitarán.

GLOSARIO

ártico   La región congelada de la Tierra que está más al Norte.

desierto   Una región que recibe poca lluvia o ninguna y que tiene pocas plantas.

espacio exterior   La parte del espacio que comienza a 62 millas (100 kilómetros) arriba de la Tierra.

oso polar   Un oso grande cubierto casi por completo de pelaje blanco y que vive en la región ártica.

selva   Un bosque que recibe más de 80 pulgadas (200 cm) de lluvia al año.

ÍNDICE ANALÍTICO

ESTE ES UN INSTRUMENTO MUSICAL AUSTRALIANO DE NOMBRE DIYERIDÚ.